MAX 2

Kurzgeschichten

Dieter Köstens

Der
Erzähler

Liebe Grüße von Emma

Dieter Köstens
im April 2025
E-Mail: dieter10095@gmail.com

Verlag: BoD · Books on Demand GmbH,
Überseering 33, 22297 Hamburg,
bod@bod.de
Druck: Libri Plureos GmbH,
Friedensallee 273, 22763 Hamburg
ISBN: 978-3-8192-2627-4

Der entblößte Schatten

Vanessa stand am Fenster ihrer kleinen Wohnung in Berlin, der Blick auf die grauen Häuser versperrt durch den dichten Nebel, der sich wie ein böser Traum über die Stadt legte. Es war November, die Tage waren kürzer geworden und der Regen schien nicht aufzuhören. In ihrem Herzen gärte eine Uneinigkeit, die sie täglich quälte. Max. Es war wie ein Schatten, der sie selbst in den hellsten Momenten ihres Lebens verfolgte. Immer wieder hatte sie die Beziehung in Frage gestellt, doch jetzt, nach fünf Jahren, war der Gedanke an Freiheit so nah und doch so fern.

Die letzten Monate waren geprägt von Konflikten und Missverständnissen. Vanessas Träume von einer gemeinsamen Zukunft hatten sich in Luft aufgelöst, und die ständigen Streitereien hatten die Grenzen zwischen Liebe und Wut verwischt. Sie hatte beschlossen, dass es an der Zeit war, den Schritt zu wagen. Doch tief in ihrem Inneren flüsterte eine Stimme: "Was, wenn du es bereust?"

Vanessa wusste, dass sie Max gegenüber ehrlich sein musste - nur so konnte sie ihre innere Zerrissenheit überwinden. In einer stürmischen Nacht, als der Wind gegen die Fenster peitschte, warf sie einen Blick auf ihr Handy. Eine Nachricht von Max. Er wollte sich am Wochenende mit ihr treffen. Vanessa spürte ein Kribbeln im Bauch. Würde sie den Mut aufbringen, ihm die Wahrheit zu sagen?

Das Café, in dem sie sich verabredet hatten, war überfüllt, der Duft von frisch gebrühtem Kaffee lag in der Luft. Vanessa saß Max gegenüber, der nur auf den ersten Blick vertrauensvoll wirkte. Seine Augen suchten sie, als würde er sie nach Gefühlen fragen, die sie nicht teilen konnte.

„Alles in Ordnung?

Du wirkst angespannt", murmelte er und nahm einen Schluck von seinem Latte Macchiato. Vanessa spürte das Gewicht der Worte auf ihrer Zunge. Erinnerungen an glückliche Momente blitzten kurz in ihrem Kopf auf, wurden aber von der Kälte der gegenwärtigen Stimmung erstickt.

„Max, ich...", begann sie, aber ihre Stimme versagte. Die Gedanken strömten über sie hinweg wie eine Flutwelle, die alles mit sich riss, was sie je aufgebaut hatten. „Ich glaube, es ist an der Zeit, dass wir beide darüber reden, was uns wirklich bewegt.“

Max sah sie an, seine Stirn legte sich in Falten. „Was meinst du?“ Seine Gedankenblitze waren so präzise wie die eines Scharfschützen, der sein Ziel ins Visier nimmt. Vanessa holte tief Luft und spürte das Adrenalin durch ihre Adern pulsieren.

„Ich kann nicht mehr“, flüsterte sie schließlich. „Ich habe das Gefühl, wir bewegen uns in verschiedene Richtungen. Es lässt mich nicht los.“

Max starrte sie an, sein Gesicht eine Leinwand der Gefühle: Verwirrung, Wut, Trauer. „Wie kannst du das nur sagen? Wir haben doch so viel zusammen durchgemacht!“

Vanessa fühlte eine Mischung aus Erleichterung und Schuldgefühlen. Ihre Stimme zitterte, doch sie hielt durch. „Aber es war nicht leicht. Wir bestrafen uns gegenseitig für Dinge, die wir uns nicht eingestehen wollen. Ich will nicht mehr kämpfen.“

Max rutschte unbehaglich auf seinem

Stuhl hin und her, als täte ihm der Gedanke an die Trennung körperlich weh. „Ich dachte, wir schaffen das. Wir hatten auch gute Zeiten!"

„Ja", antwortete sie. „Aber die guten Zeiten reichen nicht mehr. Ich will frei sein, Max - frei, um zu wachsen, um ich selbst zu sein. Ich kann nicht mehr, wenn ich das Gefühl habe, in einer Kiste eingesperrt zu sein."

Die Luft zwischen den beiden war elektrisch geladen. Die Straße war dunkel und der Regen prasselte unaufhörlich gegen die Fenster des Cafés. Vanessa sah Max zum ersten Mal in die Augen, als er sie beobachtete - nicht als den Partner, den sie einmal gekannt hatte, sondern als den Mann, der ihr die Entscheidung abgenommen hatte. Sie spürte, wie sich ihre eigenen Grenzen verschoben.

„Ich verstehe, was du meinst", murmelte Max schließlich und senkte den Kopf. „Es tut weh, das zu hören, aber vielleicht weißt du mehr über unser Glück als ich."

Die Stille, die folgte, war zutiefst verletzend, aber auch befreiend. Vanessa wusste, dass sie die Entscheidung getroffen hatte, die sie so lange vor sich hergeschoben hatte. Obwohl sie von Gefühlen überwältigt wurde, fühlte sie sich leichter als je zuvor.

„Ich werde dich immer lieben, Max. Aber Liebe allein ist nicht genug", sagte sie und es war, als würde sich draußen der Nebel lichten. Sie stand auf und als sie das Café verließ, spürte sie, wie eine Last von ihren Schultern fiel. Mit jedem Schritt in die unbekannte Zukunft wurde das Bild der Freiheit klarer.

Vanessa war nicht mehr die Frau, die nur versuchte zu überleben; sie war bereit, endlich zu leben.

Stimmen der Vergangenheit

In einer kleinen Stadt, die immer noch vom Schatten des Krieges gezeichnet war, lebte ein Mädchen namens Max. Sie war zwölf Jahre alt, hatte langes, lockiges, kastanienbraunes Haar und ein breites, strahlendes Lächeln, das selbst die dunkelsten Tage erhellte. Obwohl Max ein ganz normales Mädchen war, das gerne Zeit mit ihren Freunden ver-brachte, spürte sie tief in ihrem Inneren, dass die Welt um sie herum von unausgesprochenem Leid geprägt war. Jeden Tag kam sie auf dem Weg zur Schule an einer alten Villa vorbei. Das Gebäude war seit Jahren unbewohnt und glich eher einer Ruine als einem Zuhause. Die Bewohner der Stadt erzählten sich hinter vorgehaltener Hand Geschichten über die Kinder, die einst in dieser Villa gelebt hatten und während des Krieges auf tragische Weise ums Leben gekom-men waren. Ihre Seelen sollen in dem Haus umherirren, gefangen
zwischen Vergangenheit und Gegenwart. Die Neugier packte Max, und obwohl die Erwachsenen sie warnten, sich von der Villa fernzuhalten, konnte sie sich dem faszinierenden Zauber nicht entziehen.

An einem klaren Samstagmorgen, als die Sonne das Grau der Stadt erhellte, nahm sie ihr Notizbuch, einen Stift und eine Taschenlampe. "Heute", flüsterte sie sich entschlossen zu, "werde ich das Geheimnis der Villa lüften.

Der Weg zu der alten Villa war von hohem Gras gesäumt, dessen Schatten die Stille durchbrachen. Je näher Max der Villa kam, desto heftiger schlug ihr Herz. Mit zitternden Händen drückte sie die rostige Klinke der knarrenden Holztür und schob sie auf. Ein muffiger Geruch, der von jahrelangem Verfall zeugte, umgab sie. An den Wänden hingen vergilbte Tapeten und überall lagen vergessene Dinge herum, die die Zeit und der Krieg zurückgelassen hatten. Doch plötzlich durchbrach ein leises, flüsterndes Geräusch die Stille. Es zog sie weiter ins Innere des Hauses, bis sie vor einer alten Tür stand, die nur einen Spalt geöffnet war. Sie drückte die Tür auf und betrat einen kleinen Raum, dessen Wände mit bunten Zeichnungen bedeckt waren. Fröhliche Kinder, die mit ihren Freunden im Garten der Villa spielten waren darauf zu sehen. Doch hinter jeder Szene schwebte eine dunkle, graue Gestalt - der Schatten des Krieges, der sich über die Kinder gelegt hatte.

„Wir sind die Kinder, die hier gelebt haben", erklang plötzlich eine leise, traurige Stimme. „Unsere Geschichten sind vergessen, aber wir leben in diesen Mauern weiter, in den Erinnerungen, die sie bergen."

Max war verblüfft. „Wer seid ihr? Was ist mit euch passiert?" fragte sie, ihre Stimme zitterte vor Neugier und Angst. „Wir sind die Geister der Vergangenheit" antwortete die Stimme leise. „Wir sind die Kinder, die im Krieg verloren gingen. Wir haben fröhlich gespielt, aber der Krieg hat unsere Kindheit geraubt und verkürzt. Unser größter Wunsch ist es, dass unsere Geschichten gehört werden. Unsere Traurigkeit ist in diesen Mauern eingeschlossen, unser Lachen ist verstummt".

Während Max den Geistern zuhörte, spürte sie die Wunden und Verletzungen, die die Kinder erlitten hatten. Sie hörte von den schönen Tagen, als Lachen und Unbeschwertheit die Villa erfüllten, bevor die Schrecken des Krieges alles verdunkelten. Die Gedanken an das, was einmal war, schnürten ihr die Kehle zu. Aber die Kinder erzählten auch von Hoffnung, von kleinen Freuden inmitten der Dunkelheit. „Wir sind hier gefangen",

flüsterte eine andere leise Stimme. „Aber du kannst uns helfen. Teile unsere Geschichten mit der Welt und durch deine Worte können wir Frieden finden."
In diesem Moment wusste Max, dass sie nicht nur zuhören wollte. Sie war entschlossen, die Geschichten der Kinder zu erzählen. Sie wollte die Erinnerungen lebendig machen, ihre Trauer und ihre Freude in die Herzen der Menschen tragen. So beschloss Max, die Stimme der Vergangenheit zu werden.
Mit neuem Mut und einem klaren Ziel kehrte sie nach Hause zurück und
begann, die Geschichten der Kinder in ihrem Notizbuch aufzuschreiben. Sie erzählte in der Schule und in der Nachbarschaft, was sie gehört hatte. Die Menschen begannen, die alte Villa zu besuchen, und bald verwandelte sich das verfallene Gebäude in einen Ort der Erinnerung und des Miteinanders.

Das Lachen der Kinder, die einst in der Villa gelebt hatten, hallte wieder durch die Räume. Mit jeder Geschichte, die Max erzählte, wurden die Geister ein wenig freier und die Dunkelheit wich dem Licht. Max hatte den Zeitzeugen nicht nur zugehört, sondern auch geholfen, ihnen eine Stimme zu geben.

So wurde die alte Villa nicht nur zu einem Ort des Schreckens, sondern zu einem lebendigen Teil der Gemeinschaft, der die Erinnerungen der Kinder bewahrte und alle daran erinnerte, dass selbst in den dunkelsten Zeiten die Kraft des Erzählens die Möglichkeit zur Heilung bietet. Max, das Mädchen mit dem strahlenden Lächeln, hatte die Geister der Vergangenheit nicht nur gehört, sondern ihre Geschichten in die Welt getragen und damit das Licht der Hoffnung zurückgebracht.

Der Zug der Erinnerungen

Es hatte den ganzen Tag geregnet. Die Straßen glänzten im Licht der Straßenlaternen, während der Regen unaufhörlich auf das Pflaster trommelte. Max, ein 28-jähriger Grafikdesigner, hatte einen langen Arbeitstag hinter sich. Erschöpft wollte er nur noch nach Hause, sich in eine Decke kuscheln und seine Lieblingsserie schauen. Doch die Uhr zeigte schon 19.45 Uhr, als er endlich das Büro verließ. Auf dem Weg zur U-Bahn erwischte ihn ein heftiger Regenschauer und in der Eile bemerkte er nicht, dass die Züge an diesem Abend wegen eines technischen Defekts unregelmäßig fuhren.

Als er am Bahnhof ankam, hörte er nur noch, wie der Zug davonbrauste. "Das darf doch nicht wahr sein!", rief Max verärgert und schlug mit der Hand gegen die Wand der U-Bahn-Station. „Warum passiert mir das immer?“ Er war frustriert und wusste, dass er nun einen langen Weg nach Hause vor sich hatte. Während er hungrig nach einer Tüte Chips suchte, wurde die Leere der Station um ihn herum immer deutlicher. Plötzlich bemerkte Max, dass er nicht allein war. In einer dunklen Ecke des Bahnhofs saß ein Mann in einem langen, abgetragenen Mantel. Sein Hut war tief ins Gesicht gezogen, so dass Max nur noch die Umrisse seines Gesichts erkennen konnte. Der Fremde lächelt freundlich, als Max näher kam. „Sieht aus, als wäre dir der Abend nicht gut bekommen", sagte der Mann mit tiefer, sanfter Stimme.

„Ja, ich habe den letzten Zug verpasst", seufzte Max und setzte sich auf die Nachbarbank. „Jetzt muss ich wohl auf den nächsten warten - in ein paar Stunden."

„Oder du hörst mir einfach zu", schlug der Fremde vor. „Ich habe Geschichten aus der Vergangenheit, die jedes Warten erträglicher machen." Skeptisch, aber neugierig nickte Max.

„Also gut, was hast du für eine Geschichte?", fragte Max, lehnte sich zurück und schob seine unglücklichen Gedanken für einen Moment beiseite.

„Es war einmal ein Zug, der fuhr jeden Abend zur selben Zeit. Aber dieser Zug war anders als alle anderen Züge, er fuhr nicht in eine Stadt oder zu einem bestimmten Ziel. Stattdessen nahm er seine Passagiere mit auf eine Reise in ihre eigenen Erinnerungen. Die Menschen, die in diesen Zug einstiegen, waren oft auf der Suche nach etwas - nach verlorener Liebe, verpassten Chancen oder dem Glück ihrer Kindheit. Im Abteil angekommen, hörten sie die vertrauten Geräusche des Zuges, das Rattern der Waggons und den Pfiff des Schaffners, der sie daran erinnerte, dass die Reise beginnen würde. Jeder Passagier sah in seinen Erinnerungen, was er am meisten vermisste und wurde gleichzeitig daran erinnert, was er hier und jetzt zurückgelassen hatte.

Er pausierte und schaute Max intensiv an. „Eine Stunde später, ohne dass die Passagiere es bemerkten, war der Zug wieder am Bahnhof angekommen. Die Reisenden stiegen aus, immer mit dem Wunsch ihrer Erinnerungen festzuhalten. Manchmal kamen sie zurück, manchmal gingen sie für immer."

Max spürte, wie ihm eine Gänsehaut über den Rücken lief. „Und was ist mit denen, die nicht zurückkommen?

Das ist die Tragik des Zuges,"

antwortete der Mann mit einem tiefen Seufzer. „Diejenigen, die den Mut hatten, in ihre Vergangenheit einzutauchen, fanden oft Frieden, aber es gab auch diejenigen, die sich in ihren eigenen Gedanken verloren. Manchmal ist die Sehnsucht nach der Vergangenheit stärker als die nach der Gegenwart." Max dachte über seine eigenen Entscheidungen nach. An das Mädchen, das er nie angesprochen hatte, an den Job, den er nicht angenommen hatte, an die Freundschaften, die er vernachlässigt hatte. Plötzlich berührte ihn die Erzählung des alten Mannes.

„Bist du schon einmal mit dem Zug gefahren?", fragte Max neugierig.

„Natürlich", antwortete der Mann mit einem geheimnisvollen Lächeln. „Ich bin ein regelmäßiger Fahrgast. Manchmal ist es leichter, in die Vergangenheit zu reisen, als sich der Realität zu stellen." Er blickte auf den Bahnsteig, wo die Lichter in der Dunkelheit flackerten. „Aber die Realität hat ihre eigenen Wege, um uns voranzubringen. Vielleicht war es ein Fehler, den letzten Zug zu nehmen. Manchmal ist es die beste Entscheidung, den nächsten Zug zu nehmen, auch wenn er nicht immer pünktlich fuhr. Max spürte, wie sich die Einsamkeit des Bahnhofs in etwas Angenehmes verwandelte. Die Geschichte des Mannes hatte ihm eine neue Perspektive eröffnet. „Ich will nicht nur auf den nächsten Zug warten. Ich will mein Leben jetzt gestalten." Der Fremde lächelte. „Das ist alles, was ich will, mein Freund. Vor der nächsten Abfahrt musst du den Mut finden, deine eigenen Geschichten zu schreiben." In diesem Moment ertönte ein Signal. Max sprang auf. Der nächste Zug fuhr in den Bahnhof ein. Als er sich umdrehte, war der Platz neben ihm leer.

Nur das Geräusch des langsam an -
fahrenden Zuges hallte durch den Bahnhof. Als Max in den Zug stieg, wusste er, dass er seine eigene Geschichte weiterschreiben würde und vielleicht, nur vielleicht, würde er eines Tages einen letzten Zug nehmen, nicht ins Nirgendwo, sondern zu einem selbst gewählten Ziel.

Der Koffer

Max war ein etwa sechzigjähriger Mann, der in einem kleinen, ruhigen Dorf am Rande eines dichten Waldes wohnte. Jeden Tag nach dem Frühstück schnürte er seine alten Wanderschuhe, zog seine bequeme Jacke an und machte sich auf den Weg in den nahe gelegenen Wald. Für Max war der Wald mehr als nur ein Ort der Erholung, er war ein Rückzugssort, ein Ort der Inspiration und der Stille, weit weg von der Hektik des Alltags. Die Bäume, die Vögel und das Rauschen der Blätter waren seine ständigen Begleiter.

Eines Morgens, als die Sonne sanft durch die Baumkronen schien und den Wald in goldenes Licht tauchte, entdeckte Max etwas Ungewöhnliches. Im dichten Gestrüpp lag ein alter, moosbedeckter Koffer, umgeben von Zweigen und Blättern, als hätte ihn die Natur selbst versteckt. Neugierig ging Max auf den Koffer zu. „Was für ein interessantes Motiv", dachte er und zückte seine Kamera. Er machte ein paar Fotos, hielt das Spiel von Licht und Schatten fest. Doch als er auf die Bilder zurückblickte, überkam ihn ein seltsames Gefühl der

Neugier. Der Koffer wirkte geheimnisvoll. Was mochte er enthalten?

Vielleicht alte Erinnerungen, vergessene Schätze oder eine Geschichte, die darauf wartete entdeckt zu werden. Nach kurzem Zögern entschloss er sich, einen Blick hineinzuwerfen. Mit einem leichten Ruck öffnete er den Koffer.

Zu seiner Überraschung fand er darin ein Bündel Briefe, die sorgfältig mit einer Paketschnur zusammengebunden waren. Die Ränder der Briefe waren vergilbt und der Geruch von altem Papier stieg ihm in die Nase. Max löste den Knoten und nahm den ersten Brief vom Stapel. Seine Hände zitterten vor Aufregung, als er den Brief öffnete und zu lesen begann: „Hallo Max", stand da in geschwungener Schrift, „ich hoffe, die Fotos vom Koffer sind gut geworden …?"

Max erstarrte. Wie konnte das sein? Wer war dieser Fremde, der ihn mit Namen ansprach und offensichtlich wusste, dass er den Koffer gefunden hatte? Seine Gedanken rasten, während er den Brief weiter las. Ein mulmiges Gefühl überkam ihn. War das ein Scherz? Aber die Worte schienen eine tiefere Bedeutung zu haben. Er kniff die Augen zusammen und sah sich noch einmal um. Der Wald war still, die Vögel schienen verstummt zu sein. Ein leichter Wind ließ die Blätter rascheln und ein kalter Schauer lief ihm über den Rücken.

Er setzte sich auf einen umgestürzten Baumstamm und vertiefte sich in den nächsten Brief. Darin stand: „Lieber Max, du brauchst mich in diesem Wald nicht zu suchen, denn du wirst mich hier nicht finden." Max warf den Brief zu Boden und verließ eilig diesen Ort, seine Gedanken wirbelten durcheinander. In der folgenden Nacht konnte er kein Auge zu tun, und am nächsten Morgen machte er sich erneut auf den Weg zum Koffer, um das Rätsel zu lösen.

Als Max ankam, lag der Koffer wieder unter dem Gestrüpp, genau wie am Tag zuvor. Lange starrte er den Koffer an, bevor er ihn wieder unter den Zweigen hervorzog. Zitternd öffnete er ihn und fand die Briefe wieder sorgfältig gebündelt vor. Er löste den Knoten und nahm den ersten Brief in die Hand.

„Hallo Max, ich dachte mir schon, dass du letzte Nacht vor lauter Gedanken

nicht schlafen konntest.."
Der Schock über diese Worte ließ Max kurz den Atem anhalten. Das Gefühl, beobachtet zu werden, verstärkte sich. Er war sich sicher, dass er den Koffer am Vorabend unverschlossen zurückgelassen hatte. Mit zitternden Händen ließ Max den Brief fallen. Seine Gedanken wirbelten durcheinander, als er sich umsah. Der Wald war still, aber die Atmosphäre war bedrückend, als hielte die Natur selbst den Atem an. Das Licht, das durch die Baumkronen fiel, wirkte fremd und unheimlich, als verberge es die Geheimnisse des Koffers.
Am nächsten Tag entdeckte ein Ehepaar bei einem Waldspaziergang Max leblos am Boden liegend. Sein rechter Arm war ausgestreckt und seine Hand umklammerte den Griff des geöffneten Koffers. Der Mann, sichtlich erschüttert, rief sofort die Polizei an, während die Frau, von einer seltsamen Neugier gepackt, den alten Koffer genauer betrachtete.
Als ihr Blick in das Innere des Koffers fiel, entdeckte sie einen verschlossenen Brief. Ihre Neugier war so groß, dass sie den Brief herausholte, aufriss und mit

zitternden Händen las:
„Hallo Erika.............."

Die Stimmendiebe

Maxi Umlauf war ein Mann voller Charisma und Musik. Seine Konzerte waren legendär und die Fans liebten ihn - oder besser gesagt sie liebten seine Stimme. Ob in kleinen Clubs oder großen Arenen, die Hallen waren immer ausverkauft. Die Menschen kamen von weit her, um seine eingängigen Melodien zu hören und um mitzusingen. Doch eines Morgens, nach einem besonders ausgelassenen Konzert, wachte Maxi auf und stellte fest, dass seine Singstimme verschwunden war.

„Das kann doch nicht wahr sein!", rief er entsetzt und versuchte ein paar Töne zu singenn, aber nichts kam heraus, stattdessen ein Geräusch, das eher wie das Quietschen einer alten Tür klang. Ungläubig klopfte er sich auf die Brust, als könne er die Stimme zurückrufen, doch es half nicht!

Wütend und verzweifelt griff Maxi zum Telefon und rief seinen Manager an. „Ich brauche sofort einen Arzt! Meine Singstimme ist weg!"

Maxi wusste, dass er nicht einfach aufgeben durfte. Entschlossen machte er sich auf die Suche nach Antworten.

Gerüchten zufolge sollten die Stimm-
diebe in der Unterwelt der Musikszene
ihr Unwesen treiben.

Diese Gruppe bestand aus den schlech-
testen Schlagersängern, die man sich nur
vorstellen konnte: Thomas, Helene,
Andrea, Florian, Maite, Beatrice, Peter,
Wolfgang und Vanessa.

Eine illustre Runde, die sich in einer
heruntergekommenen Karaoke-Bar
traf, um ihre schrecklichen Stimmen zu
vereinen.

Maxi schlich sich in die von grellen
Neonröhren erleuchtete Bar.

In der Luft hing der Geruch von abge-
standenem Bier und übertriebenem
Parfüm.

Als er die Tür öffnete, verstummten die
schrecklichen
Gesänge. Die Stimmendiebe drehten sich
um und starrten Maxi mit großen Augen
an.

„Was macht denn der große Schlagerstar
hier?", fragte Thomas mit einem schiefen
Grinsen. „Willst du, dass wir dir deine
Stimme zurückgeben?"

Monolog mit dem Autor

„*Weißt du, ich hatte die Idee für Maxi Umlauf:
'Die Stimmendiebe', eine Mischung aus Musik,
Comedy und einer Prise Wahnsinn. Alles lief
gut - bis mir selbst die Worte fehlten. Maxi
sollte seine Stimme verlieren und nebenbei etwas
über Freundschaft lernen. Stattdessen geriet ich
in diese absurde Stimmendieb-Geschichte. Das
ist wie Karaoke: Du denkst, du bist Whitney
Houston, aber die Realität klingt eher wie eine
Ente nach dem dritten Bier.*

*„Ich wollte Maxi auf der Bühne sehen,
umgeben von miserablen Sängern - eine Art
musikalische Selbsthilfegruppe. Aber statt eines
Comebacks gab es erst mal einen Stimmbruch
deluxe. Dann dachte ich: Warum nicht? Neue
Stimme, neues Leben! Vielleicht klingen wir alle
am besten, wenn wir uns ein bisschen neu
erfinden müssen.'*

*Am Ende hatte ich diese verrückte Idee: Maxi
singt über den Verlust seiner Stimme, ein echter
Flop - bis alle lachen. Manchmal sind die besten
Songs die, die direkt aus einem verbeulten
Herzen kommen. Maxi sollte merken: Das
Leben ist keine perfekt gestimmte Gitarre,
sondern ein kaputtes Keyboard mit Charakter.
Und die Stimmendiebe? Ich wollte, dass sie ihm*

nicht nur die Stimme klauen, sondern ihm auch eine neue Perspektive geben. Aber irgendwie bin ich dann in meiner eigenen Karaoke-Bar gelandet ... mit einer Ente."

MAX
Kurzgeschichten
Dieter Köstens

Die Puppe

Als Max die Nachricht vom Tod seiner Großmutter erhielt, war er von einer Mischung aus Trauer und Ungläubigkeit erfüllt. Trotz der großen Entfernung hatten sie immer eine besondere Verbindung gehabt. Die Großmutter lebte in einem kleinen Haus am Rande eines dunklen Waldes, und Max erinnerte sich an die unheimlichen Geschichten, die sie ihm oft erzählt hatte. In ihrem Testament hinterließ sie ihm nicht nur das Haus, sondern auch eine antike Puppe, die in einem staubigen Zimmer auf einem alten Regal thronte. „Sie ist etwas ganz Besonderes", hatte sie immer wieder gesagt. „Sei vorsichtig mit ihr." Neugierig, aber auch skeptisch machte sich Max auf den Weg in das verwaiste Haus. Als er die Puppe zum ersten Mal sah, war er fasziniert von ihrer detaige- treuen Gestaltung und dem melancho- lischen Ausdruck in ihrem Gesicht. Ihr langes, schwarzes Haar fiel ihr in sanften Wellen über die Schultern, und ihr zerschlissenes Kleid schien Geschichten aus einer anderen Zeit zu erzählen. Trotz seiner Skepsis spürte Max sofort eine unheimliche Verbindung zu dem

Spielzeug, und die Warnungen seiner Großmutter gingen ihm durch den Kopf. Es hieß, die Puppe sei verflucht - wer sie besitze, dem würden Unglück und seltsame Dinge widerfahren.

In den ersten Wochen nach dem Umzug in das alte Haus seiner Großmutter begannen die seltsamen Ereignisse.

Zuerst waren es kleine, nervenaufreibende Vorfälle: Lichter flackerten, Türen knallten, und immer wieder fand Max Dinge an Orten, an denen er sie nie gelassen hatte. Anfangs schob er das auf den Stress und die Trauer um seine Großmutter. Doch je mehr Zeit er mit der Puppe verbrachte, desto schlimmer wurden die Vorfälle.

Eines Nachts wurde Max aus dem Schlaf gerissen, als ein leises Flüstern durch das Zimmer drang. Es klang, als würde jemand seinen Namen rufen. Verwirrt und ängstlich stand er auf und schaute sich um. Die Puppe saß auf seinem Nachttisch, ihre Augen schimmerten im Mondlicht, als würde sie ihn beobachten.

Max verdrängte den Gedanken, dass die Puppe etwas mit den seltsamen Geräuschen zu tun haben könnte, aber ein

mulmiges Gefühl in der Magengegend
blieb.

In den nächsten Tagen überschlugen sich
die seltsamen Ereignisse. Max fand alte
Fotos seiner Großmutter, auf denen die
Puppe immer wieder im Hintergrund zu
sehen war. Als er genauer hinsah,
bemerkte er, dass die Puppe auf jedem
Bild eine andere Pose einnahm. Ein
Schauer lief ihm über den Rücken.

Konnte es wirklich sein, dass die Puppe
lebte? Und was hatte es mit dem Fluch
auf sich?

Entschlossen, das Rätsel zu lösen, tauchte
Max in die Geheimnisse seiner Großmutter ein. Er durchstöberte die alten
Tagebücher und stieß auf den Namen
einer Frau: Elise, die einst die Puppe
besessen hatte. Elise war eine begabte
Puppenmacherin, die von der Dorf-
gemeinschaft geschätzt wurde, bis sie
eines Tages der Hexerei bezichtigt wurde.
Man erzählte sich, dass ihre Puppen die
Seelen derer bewahrten, die sie einst
besessen hatten. Max begann zu glauben,
dass der Fluch mehr als nur eine alte
Legende war.

In einer verstaubten Bibliothek entdeckte

er, dass Elise ins Exil geschickt worden war. Bevor sie ging, soll sie noch einen letzten Zauberspruch gesprochen haben, um ihre Puppe zu schützen. Max spürte, dass er die Puppe nicht einfach weggeben konnte - er musste den Fluch brechen, um den Frieden seiner Großmutter zu finden. Um mehr über den Zauber zu erfahren, führte ihn sein Weg in den geheimnisvollen Wald, von dessen unheimlichen Wesen seine Großmutter oft erzählt hatte.

Mitten im Wald fand Max eine uralte Eiche, die in den Geschichten seiner Großmutter eine zentrale Rolle gespielt hatte. Dort kniete er nieder, sprach mit der Puppe und bat sie um Verständnis und Vergebung. Plötzlich durchströmte ihn eine Welle von Energie und die Luft um ihn herum schien zu pulsieren. Die Puppe begann zu leuchten und Max wusste, dass er auf dem richtigen Weg war. Doch dann hörte er ein bedrohliches Knacken und die Eiche begann zu erzittern. Aus den Schatten tauchten dunkle Gestalten auf - die gefallenen Seelen, die Elise einst besessen hatte, und sie waren nicht erfreut über Max'

Einmischung.

„Du hast hier nichts zu suchen, Junge!", brüllte eine der Gestalten mit einer Stimme, die wie ein Echo aus einer anderen Welt klang. Max spürte, wie seine Entschlossenheit ins Wanken geriet, aber er wusste, dass er nicht aufgeben durfte. „Ich will nur den Fluch brechen!", rief er mutig. „Ich will, dass meine Großmutter in Frieden ruht!"

Die Gestalten umringten ihn und die Puppe in seiner Hand begann heftiger zu pulsieren. „Du glaubst, du kannst die Vergangenheit ungeschehen machen?" schrie eine andere Seele. Max schloss die Augen und erinnerte sich an die Geschichten seiner Großmutter über Liebe und Verlust. Er nahm all seinen Mut zusammen und sprach den Zauberspruch, den er aus den Tagebüchern seiner Großmutter gelernt hatte. "Ich befreie diese Seelen von ihrem Leid!

Ein helles Licht erfüllte den Wald, die Schatten begannen zu verschwinden, und die Puppe in seiner Hand strahlte wie nie zuvor. Die gefallenen Seelen schienen zu zögern, als Max den letzten Satz des Zaubers sprach. Plötzlich wurde es still und das Licht verschwand. Max öffnete die Augen und die Gestalten waren verschwunden. Die Puppe war nun ruhig und eine sanfte Wärme durchströmte ihn. Am nächsten Morgen wachte er auf und stellte fest, dass die seltsamen Ereignisse aufgehört hatten. Es war, als hätte die Puppe ihren Frieden gefunden. Max hatte nicht nur den Fluch gebrochen, sondern auch eine tiefere Verbindung zu seiner Großmutter und ihrer Geschichte entdeckt. Er beschloss, die Puppe in Ehren zu halten, nicht als verfluchtes Artefakt, sondern als Symbol für Liebe und Geheimnisse, die Generationen überdauern.

Doch in den tiefen Schatten des Waldes, wo die Geschichten lebendig wurden, wusste er, dass der wahre Zauber und die Gefahr nie ganz verschwinden würden. Und wenn der Wind durch die Bäume flüsterte, hörte Max ein leises Echo der Vergangenheit, dass ihn daran erinnerte, manche Geheimnisse sollten besser im Dunkeln bleiben.

Der
Erzähler

Der letzte Wunsch

Es war ein kalter Wintermorgen, als der Arzt das Unvermeidliche aussprach. „Es tut mir leid Herr Seekamp, Sie haben nicht mehr viel Zeit." Max Seekamp, ein Mann Ende siebzig, saß mit gesenktem Kopf im Behandlungszimmer. Die Worte hallten in seinem Kopf wider, während er versuchte, die Realität zu akzeptieren. Er hatte immer gewusst, dass das Alter vor der Tür stand, aber die plötzliche Gewissheit seiner Sterblichkeit traf ihn wie ein Schlag ins Gesicht.

Als er nach Hause kam, saß seine Tochter Anna am Küchentisch und wartete auf ihn. Sie merkte sofort, dass etwas nicht stimmte. „Was hat der Arzt gesagt?", fragte sie besorgt. Max zögerte, doch dann brach er sein Schweigen und teilte ihr die schreckliche Nachricht mit. Anna schossen Tränen in die Augen, doch Max lächelte schwach. „Ich möchte, dass du mir einen letzten Wunsch erfüllst", sagte er leise.

„Was wäre das, Papa?", fragte Anna besorgt. „Ich möchte eine Nacht in meiner alten Heimatstadt verbringen. Dort, wo ich meine Jugend verbracht habe."

Anna war überrascht. Sie wusste, wie sehr ihr Vater an diesen Erinnerungen hing und gleichzeitig war sie besorgt, was es für ihn bedeuten würde, in die Stadt zurückzukehren, die so viele Emotionen hervorrief. Aber schließlich nickte sie, entschlossen, ihm diesen Wunsch zu erfüllen.

Am nächsten Wochenende brachen sie auf. Die Fahrt war geprägt von einer seltsamen Mischung aus Freude und Wehmut. Max schaute aus dem Fenster und beobachtete, wie sich die Landschaft veränderte. Alte Gebäude, die er aus seiner Kindheit kannte, tauchten vor seinem inneren Auge auf, begleitet von Erinnerungen an unbeschwerte Tage voller Lachen und Freiheit.

Als sie in die Stadt kamen, schien die Zeit stehen geblieben zu sein. Die Straßen waren dieselben geblieben, aber die Menschen und die Geschäfte hatten sich verändert. Max holte tief Luft und schloss die Augen. „Es riecht noch genauso wie damals", murmelte er und lächelte, während sie durch die Straßen schlenderten.

Sie besuchten das alte Café, in dem Max

und seine Jugendfreunde oft gesessen hatten. Der Besitzer, ein alter Bekannter, erkannte Max sofort und umarmte ihn herzlich. „Du bist wieder da!", rief er begeistert. Max fühlte sich, als wäre er wieder zwanzig Jahre alt, umgeben von den vertrauten Gesichtern und Geschichten seiner Vergangenheit. Am Abend saßen sie in einem kleinen Park, umgeben von bunten Lichtern und dem leisen Rauschen der Blätter. Max begann, Geschichten aus seiner Jugend zu erzählen - von den Abenteuern mit seinen Freunden, der ersten Liebe und den Träumen, die er einst hatte. Anna hörte fasziniert zu und spürte, wie sich eine tiefe Verbindung zwischen ihnen entwickelte.

Doch schon bald wurde Max nachdenklich. „Es gibt etwas, das ich dir sagen muss, Anna", begann er zögernd. „Etwas, das ich dir noch nie erzählt habe." Anna hielt den Atem an, als er fortfuhr. „Es gab eine Zeit, da beschloss ich, meine Träume aufzugeben. Ich wollte Künstler werden, aber ich hatte Angst., dass ich es nicht schaffen würde."

Anna sah ihn überrascht an. „Warum

hast du mir das nie gesagt, Papa?", fragte sie. „Ich wollte nicht, dass du denkst, ich hätte versagt. Ich wollte, dass du deinen Träumen folgst und niemals aufgibst."
Tränen liefen Max über die Wangen, als er an die verpassten Chancen dachte. Anna nahm seine Hand und sagte: „Es ist nie zu spät, Papa. Du kannst immer noch malen, wenn du willst. Lass uns zusammen einen Kurs besuchen, wenn du wieder gesund bist."
Max lächelte durch die Tränen.
„Vielleicht ist das mein neuer Traum", murmelte er.
Die Nacht verging schnell, und als der Morgen graute, wusste Max, dass ihre Zeit in der Stadt zu Ende war. Aber er fühlte sich erleichtert und zufrieden. Er hatte nicht nur alte Erinnerungen aufgefrischt, sondern auch ein neues Band zu seiner Tochter geknüpft.
Auf dem Rückweg hielt Anna an einem kleinen Kunstladen und kaufte eine Leinwand und Farben. „Für uns beide", sagte sie lächelnd. Max nickte und hatte das Gefühl, ein Stück seiner Jugend zurückgewonnen zu haben.
Als sie endlich zu Hause ankamen, war

Max friedlich und zufrieden. Er wusste, dass sein letzter Wunsch nicht nur eine Reise in die Vergangenheit war, sondern auch der Beginn eines neuen Kapitels in seiner Beziehung zu Anna. In den letzten Monaten seines Lebens malte , lachte und erzählte er.

Und während er langsam Abschied nahm, wusste er, dass er mit den Erinnerungen und der Liebe seiner Tochter in Frieden gehen konnte. Sein letzter Wunsch hatte ihm nicht nur einen letzten Blick auf seine Jugend gewährt, sondern auch die Gewissheit, dass er in den Herzen seiner Lieben weiterleben würde.

Der Klang der Stille

In einer Welt der Unterdrückung, beherrscht von einer strengen Regierung, war Lärm das größte Verbrechen. Die Menschen lebten in ständiger Angst, entdeckt zu werden. Überall waren Überwachungsdrohnen im Einsatz, die darauf programmiert waren, das leiseste Geräusch zu registrieren. Um die Ordnung aufrechtzuerhalten, wurden alle Geräusche unterdrückt und die Menschen dazu angehalten, in stummer Eintracht zu leben.

In dieser Welt lebte ein Mädchen namens Maxine. Sie war elf Jahre alt, hatte lange dunkle Haare und neugierige Augen. Maxine war anders als andere Kinder. Während ihre Freunde sich an die Stille gewöhnten und den Regeln folgten, fühlte sie sich in ihrem Herzen gefangen, als würde ein Teil von ihr ersticken. Oft stellte sie sich vor, wie es wäre, in einer Welt voller Geräusche zu leben - das Lachen der Kinder, das Rascheln der Blätter, das Plätschern eines Baches. Aber solche Gedanken waren gefährlich und wurden von der Regierung unter Strafe gestellt.

Als Maxine eines Tages im Wald spielte,

entdeckte sie einen versteckten Pfad, der zu einer alten, verlassenen Hütte führte. Neugierig ging sie hinein. Das Innere war voller Staub und Spinnweben, doch als sie sich umsah, entdeckte sie etwas Unglaubliches:

Eine alte, verstaubte Schallplatte lag auf dem Boden, umgeben von anderen Schätzen aus der Vergangenheit.

Vorsichtig hob sie die Platte auf und fand in einer Ecke ein altes Grammophon. Maxine wusste nicht, wie es funktionierte, aber sie spürte, dass sie etwas Wertvolles entdeckt hatte.

Mit klopfendem Herzen und zitternden Händen legte sie die Schallplatte auf den Plattenteller und drehte an der seitlich angebrachten Kurbel. Als die Nadel die Platte berührte, durchbrach ein leises Geräusch die Stille - ein wunderschönes Lied erfüllte die Luft. Maxine war überwältigt. Es war, als würde die Welt um sie herum zum Leben erwachen. Maxine besuchte die Hütte regelmäßig und lernte, die Klänge in vollen Zügen zu genießen. Jedes Mal, wenn sie die alte Platte anhörte, fühlte sie sich freier und glücklicher. Doch die Freude wurde bald von einer nagenden Angst überschattet. Was, wenn jemand herausfand, was sie tat? Die Strafen für Verstöße gegen die Lärmschutzgesetze waren brutal. Sie konnte ins Gefängnis kommen, oder schlimmer noch, die Regierung konnte ihre Familie bestrafen.

Die innere Zerrissenheit wuchs und Maxine befand sich in einem ständigen Konflikt zwischen dem Wunsch nach Freiheit und der Angst vor Bestrafung. Sie wusste, dass die Klänge ein Teil von ihr waren, aber sie konnte sie nicht mit der Welt um sie herum teilen. Tief in ihrem Herzen sehnte sie sich nach Gleichgesinnten, nach Freunden, die ihre Leidenschaft für Klänge teilten. Doch in einer Gesellschaft, in der es verboten war, über Klänge zu sprechen, blieb ihr nur die Einsamkeit.Eines Nachts, als sie in ihrem Zimmer saß und von den Klängen der Schallplatte träumte, fasste Maxine einen mutigen Entschluss. Sie wollte nicht mehr schweigen. Sie wollte die Schönheit der Töne mit anderen teilen. Am nächsten Tag versammelte sie einige ihrer mutigsten Freunde in der Hütte. Zögernd erzählte sie ihnen von ihrer

Entdeckung und spielte die Platte ab. Als die Melodien durch den Raum strömten, spürten ihre Freunde die Freude und Freiheit, die in den Klängen verborgen lag.

Gemeinsam beschlossen sie, eine geheime Gruppe zu gründen, die sich regelmäßig in der Hütte traf.

Sie begannen, andere Klänge zu erforschen - das Singen, das Klatschen, das Spielen auf alten Instrumenten, die sie in der Hütte fanden. Die Gruppe wuchs und bald wurde die Hütte zu einem Ort der Freiheit und des Ausdrucks. Sie schufen eine Welt, in der die Klänge wieder lebendig wurden.

Doch die Regierung bekam Wind von den nächtlichen Treffen und schickte ihre Drohnen, um die Hütte zu überwachen. Eines Nachts, als Maxine und ihre Freunde gerade ein fröhliches Lied anstimmten, drang der Lärm durch die Wände der Hütte und erregte die Aufmerksamkeit der Wachen. Plötzlich hörten sie das Dröhnen von Drohnen und eine kalte, mechanische Stimme, die durch Lautsprecher rief: „Ruhe! Stille ist die einzige Ordnung, die geduldet wird!“

In Panik sprangen Maxine und ihre Freunde auf und versuchten hastig, die Instrumente und die Schallplatte zu verstecken. Aber die Drohnen waren schnell und zielsicher. Eine der Drohnen drang in die Hütte ein, ihre Kameras leuchteten in alle Ecken. Maxine spürte, wie ihr Herz raste. Sie wusste, dass ihre Freiheit und die ihrer Freunde auf dem Spiel stand. In diesem entscheidenden Moment ergriff sie die Initiative.

„Wir dürfen nicht aufgeben", rief Maxine. „Wir sind nicht allein. Wir sind viele!" Mit einem mutigen Schritt trat sie vor die Drohne: „Wir sind die Stimme der Klänge! Wir sind die Freiheit!" Ihre Freunde schlossen sich ihr an, und gemeinsam begannen sie ein Lied zu singen. Es war ein Lied der Hoffnung, des Mutes und der Freiheit. Die Melodie hallte durch den Wald und für einen Moment schien die Welt still zu stehen. Die Drohne schwebte über ihnen und die Wachen, die im Hintergrund auf die Überwachungskameras starrten, waren verwirrt. Der unerwartete Lärm war überwältigend.

Als die Klänge ihrer Stimmen die Nacht

erfüllten, schien die Luft um sie herum sich zu verändern. In einem Akt der Rebellion begannen auch andere Menschen im Dorf, die sich in der Nähe aufhielten, zu hören und zu singen. Es war, als würde ein Funke der Freiheit durch die Stadt fliegen, und immer mehr Menschen schlossen sich an. Die Hütte, einst ein geheimer Ort des Versteckens, wurde zu einem Zentrum des Wider -
stands.

Die Drohnen, die die Lärmerzeugung registrierten, wurde durch einen Überlastungsfehler gestört und konnten nicht mehr zwischen den Stimmen unterscheiden. In diesem Chaos ergriffen Maxine und ihre Freunde die Gelegenheit, die Hütte zu verlassen und sich den anderen anzuschließen. Gemeinsam erzeugten sie einen gewaltigen Lärm, der die Grenzen von Angst und Unter -
drückung durchbrach.

Die Nachricht vom Widerstand verbreitete sich schnell. Menschen aus allen Teilen der Stadt versammelten sich, um ihre Stimmen zu erheben. Es war ein Aufstand der Klänge gegen das Schweigen der Unterdrückung. Die

Regierung, die sich darauf verlassen hatte, den Lärm unter Kontrolle zu halten, wurde von der Welle der Solidarität überrollt.

Maxine und ihre Freunde wurden zu Symbolen des Wandels. Ihre Liebe zur Musik und ihre Entschlossenheit, für ihre Freiheit zu kämpfen, inspirierten viele. Schließlich wuchs der Druck auf die Regierung und die Gesetze wurden gelockert. Die Menschen konnten wieder singen, lachen und sich ohne Angst vor Repressalien ausdrücken.

Die Welt, in der einst eisiges Schweigen herrschte, begann sich zu verändern.

Mexican Standoff

Es war ein heißer Nachmittag in einem kleinen, abgelegenen Dorf im Herzen Mexikos, als die Sonne erbarmungslos auf die staubigen Straßen brannte. Eine bedrückende Stille lag in der Luft, wie ein drohendes Unheil. Zwei Männer standen einander gegenüber, ihre Gesichter von Schatten und Wut verzerrt, ihre Seelen in einem inneren Kampf zerrissen. Zwischen ihnen, auf einem alten, ramponierten Holztisch, lag eine Pistole, glänzend und kalt wie der Kern des Konflikts, der sie trennte.

Maria, die Ursache dieser verhängnisvollen Konfrontation, stand etwas abseits, ihre Augen funkelten vor unterdrückter Leidenschaft und Verzweiflung. Sie hatte beide Männer geliebt, aber ihre Liebe war vergiftet von Eifersucht und dem unstillbaren Drang, den anderen zu vernichten. Ein dunkler Schatten hatte sich über ihre Herzen gelegt, und sie fühlte sich wie eine Marionette in einem grausamen Spiel, das sie nicht kontrollieren konnte.

Juan, der größere der beiden, war ein muskulöser Koloss, dessen Körper die Kraft eines Stieres ausstrahlte. Doch in seinen Augen lag die Angst eines verletzten Kindes, das um sein kostbarstes Gut kämpft. „Du wirst sie nicht bekommen, Ernesto“, knurrte er, seine Stimme ein tiefes Grollen, das die angespannten Nerven in der Luft vibrieren ließ. Sein Herz schlug laut, als er die Pistole betrachtete, als wäre sie ein lebendes Wesen, das nach einem Opfer verlangte.

Ernesto, der Dünnere, mit der Grazie eines Schakals, lächelte bitter. „So ist das Spiel, mein Freund. Entweder du oder ich. Aber ich lasse nicht zu, dass du sie in deine Arme nimmst.“ Seine Stimme war ruhig, aber in seinen Augen loderte ein Feuer, das alles verbrennen konnte, was ihm im Weg stand.

Maria trat vor, ihre Hände zitterten vor Angst und Hilflosigkeit. „Hört auf, bitte!“, rief sie verzweifelt, aber ihre Worte verhallten in der drückenden Hitze des Konflikts, als wären sie ein leiser Fluss, der gegen die Klippen der Männlichkeit prallt. „Es gibt keinen Grund, sich umzubringen. Ich kann nicht leben, wenn ihr euch gegenseitig umbringt!“ Ihre Stimme war ein verzweifelter Schrei, der die Kluft zwischen den Männern zu überbrücken versuchte.

Doch die beiden Männer ignorierten sie, gefangen in ihren eigenen Welten aus Stolz und Schmerz. „Soll ich für deine Liebe töten?", fragte Juan, seine Stimme ein drohendes Grollen. „Soll ich meine Seele verlieren, nur um dich zu besitzen?"

Ernesto schüttelte den Kopf. „Ich würde lieber sterben, als dich an ihn zu verlieren, Maria. Du bist mein Licht, mein Leben. Die Verzweiflung in seinen Augen war unübersehbar, und er wusste, dass er alles tun würde, um sie zu beschützen, selbst wenn das bedeutete, einen Freund zu töten.

In einem plötzlichen Moment der Stille, in dem die Welt um sie herum stillzustehen schien, griff Juan nach der Pistole. Der Klang des Metalls war wie ein Schuss in die Stille, der die Luft mit einer elektrisierenden Spannung erfüllte.

„Wenn ich sie nicht haben kann, will ich nichts mehr. Nicht einmal das Leben." Seine Hand zitterte, aber sein Blick war fest, als hätte er den Mut des Verzweifelten in sich gefunden.

„Lass es nicht so enden!", schrie Maria, ihre Stimme ein verzweifelter Schrei, der die Luft durchschnitt. Aber die beiden Männer waren nicht mehr zu erreichen, gefangen im Strudel ihrer eigenen Gefühle. Der Raum zwischen ihnen war erfüllt von der Schwere ungesagter Worte und unerfüllter Sehnsüchte, als die Zeit für einen Moment stillzustehen schien.

Im entscheidenden Moment, als Juan abdrückte, geschah das Unvorherge - sehene. Maria sprang vor ihn und der Schuss krachte. Die Zeit schien für einen Herzschlag still zu stehen, während der Schrei der Frau durch die Luft hallte und der Einschlag der Kugel sie traf. Juan starrte, unfähig zu begreifen, was geschehen war, als die Wirklichkeit um ihn herum zusammenbrach. Ernesto fiel auf die Knie, sein Gesicht war von Schock und Verzweiflung gezeichnet, als er die Liebe verlor, die er so verzweifelt verteidigt hatte.

Maria sank zu Boden, ihre Augen suchten verzweifelt den Himmel, den Frieden, den sie in diesem Augenblick nicht finden konnte. In ihrem letzten Atemzug erkannte sie, dass die Liebe, die sie geteilt hatten, in einem verhängnisvollen Moment der Eifersucht und des Stolzes zerbrochen war, und sie wurde Zeugin des schrecklichen Preises, den sie alle zahlen mussten.

Die beiden Männer standen da, ihre Herzen schwer wie Blei, gefangen in einem Netz aus Schuld und Verlust, unfähig, den Schrecken ihrer Taten zu begreifen. Die Sonne brannte erbar-mungslos weiter, und das Dorf schwieg, während die Schatten der Vergangenheit über ihm lagen und das Schweigen ein erdrückendes Echo hinterließ, das nie verstummen würde.

emma

Ich bin Emma, die Malerin, und obwohl
ich nicht mehr auf dieser Welt bin, fühle
ich mich lebendig in den Erinnerungen,
die Max an mich hat.

Als die Kuh vom Himmel fiel

Eine Geschichte über das Dorf Thorach
und seine Bewohner

62